AF387605

Die Literarischen Quadrate

Hingehaucht und hingerissen

Bibliografische Information der Deutschen Nationalbibliothek:
Die Deutsche Nationalbibliothek verzeichnet diese
Publikation in der Deutschen Nationalbibliografie;
detaillierte bibliografische Daten sind im Internet
über dnb.dnb.de abrufbar.

Grafik © Michael Ockert

Herstellung und Verlag: BoD – Books on Demand,
Norderstedt

ISBN: 978-3-7583-7045-8

Es ist deine Pflicht im Leben,

deinen Traum zu retten.

Amedeo Modigliani

Inhalt

Vorwort		9
Brigitte Iffland	Hingerissen	13
	Literaturpiraten	14
Renate Sinn	Zirkus Fantasia	17
Rosvita Spodeck-Walter	Konzert	25
	Wege warten	26
	Kirschbaum im Juni	27
Michael Ockert	Kristall	31
Valentina Brenner	Auftritt	37
Traudel Beickler	Zwölftonmusik	45
Martin Beickler	Nichts, oder doch ein Hauch?	51
	Wortfindung	52
Regine Beeg Hauri	unsichtbar	55
Angela Langkath	Nur ein Falter	61
Christine Cepok	Sommerhaut	65
	Der Atem Michelangelos	66
Alexander Singer	Die Tür, hinter der der Alte schläft	69
Biografische Angaben		75

Vorwort

Die Literarischen Quadrate der Mannheimer Abendakademie blicken auf eine langjährige Tradition zurück. Als Textwerkstatt der „Räuber '77" in Mannheim gegründet, haben sie im Lauf der Zeit ihre Eigenständigkeit entwickelt. Mehrere Generationen von KursleiterInnen haben sie begleitet. 2018 wurde ein zweites Literarisches Quadrat in der Mannheimer Abendakademie gegründet, um einen alternativen Termin anbieten zu können.

Die Literarischen Quadrate sind ein Ort, an dem sich AutorInnen über ihre selbst verfassten Texte austauschen. Alle Textgattungen und Genres sind willkommen, zum Beispiel Romane, Erzählungen, Kurzprosa und Lyrik. Die Texte haben zum Teil experimentellen Charakter. Die Kurse bieten einen Raum des Ausprobierens und Erfahrung-Sammelns, in dem die unmittelbare Rückmeldung aus vielen individuellen Perspektiven und Hintergründen auf die Texte möglich ist. Das macht sie so lebendig und wertvoll.

Die Diskussionen über die Texte erlauben ein breites Spektrum an Rückmeldungen. Es kommt uns nicht nur auf Verbesserungspotential an. In der Diskussion der verschiedenen Meinungen ist es möglich, Anregungen aufzunehmen, sie abzuwägen und so die eigenen Texte weiterzuentwickeln. Sie ergänzen die Erfahrungen mit den Texten und bereichern das eigene Schreiben. Jede Perspektive ist eine Bereicherung und öffnet den Horizont. Die Treffen werden von Brigitte Iffland und Michael Ockert organisiert und moderiert.

Am Ende eines jeden Semesters finden Lesungen in der Abendakademie zu Themen statt, die die Gruppen selbst entwickeln. Auf diesen können die AutorInnen ihre Texte der Öffentlichkeit vorstellen. So machen sie von Anfang an Erfahrungen mit Lesungen und vertiefen sie nach und nach. Die Texte der nachfolgenden Textsammlung wurden für die Lesung am 21. März 2023, dem Welttag der Poesie, geschrieben. Sie fand im großen Saal der Mannheimer Abendakademie statt und wurde von der Musik des ukrainischen Chors „Rushnyk" begleitet.

Michael Ockert, im August 2023

Brigitte Iffland

Hingerissen

Von der Allgegenwärtigkeit der Geschichten
rollen die Wörter
über den Asphalt,
kullern in die Ritzen,
in denen noch die Tropfen des letzten Regens
glänzen.

Müde Väter schlürfen die letzten flüssigen Kräfte aus ihren
Bechern.
Pagenköpfige Jungen schwingen das geraubte Schwert
des Erzengels,
sie schneiden die Luft mit stolzer Hoffnung.
Versunken im Traum-Sein
lesen lockige Mädchen rosenbekleidet
in vielversprechenden Büchern.

Erkennen stapelt sich zuhauf,
zusammengeknotet von Entdeckerkräften
in behüteten Köpfen.

Hinter riesigen Brillen suchen Augen den Horizont.
Gebirge von ungewussten Liedern türmen sich hinter den
Wolken.
Regenbogen lauschen in der Ferne.

Literaturpiraten

Zwischen die Zeilen zwängt sich ein brüchiges Boot.
Vom Hauch der Wörter berührt bläht sich das Segel.
Das Boot gleitet gen Osten.
Stumm lauschen die wortlosen Wesen.

Piraten erbeuten die Abenteuer der Literaten.
Ihre Schwerter schneiden Schätze aus den Sätzen.
Luftige Poesie schaukelt auf den Wellen
unter dem Kiel.
Schwärmende Fische sammeln sich
und lauschen.

Renate Sinn

Zirkus Fantasia
Und die erste Liebe

Lilli ist begeistert. Endlich ist was los in diesem Kaff.

Sie lebt in einem Odenwalddorf mit 949 Einwohner, wo für Jugendliche wenig geboten wird. Sie hat ein Plakat auf dem Dorfplatz an der großen Linde über der knorzigen Holzbank entdeckt. Ein Zirkus preist sein Kommen an. Von Mitte bis Ende September will er auf dem Alten Mühlfeld gastieren.

Ein Zirkus! Und auch noch ganz in ihrer Nähe! Lilli wohnt nämlich mit ihren Eltern Gregor und Helene Kröner nebst Bruder Jonas am Alten Mühlfeldsockel. Sie hat also Gelegenheit, das Eintreffen der Zirkusleute zu beobachten. Das wird sicher ein Highlight.

Seit Lilli zu ihrem 14. Geburtstag im Januar von ihren Eltern den von ihr so heiß begehrten Schminktisch bekommen hat, sitzt sie in jeder freien Minute davor, betrachtet, ja vielmehr begutachtet sich im Spiegel, würde so gern aussehen wie die abgebildeten Schönheiten in den bunten Magazinen.

„Was soll das? Du bist ein so anmutiges, hübsches Mädel. Das hast du gar nicht nötig,“ so ihre Mutter.

3. September: Aufgeregt sieht sie die Zirkuswägen ankommen. Jetzt entgeht ihr nichts mehr. Mit Papas Feldstecher

beobachtet sie von ihrem Zimmer aus den Aufbau des Zeltes und vor allem einen jungen dunkelhaarigen Lockenkopf von vielleicht 16 oder 17 Jahren.

Den will sie unbedingt, unbedingt! so rasch als möglich aus der Nähe sehen und prüfen, ob sie ihn dann auch noch so toll findet.

Die Neugierde treibt sie tags darauf hin. „ Hallo, ich bin Lilli. Wir sind vorübergehend sozusagen Nachbarn. Ich wohne nämlich gleich da vorne in dem gelben Eckhaus," sagt sie. Stottert sie. Mehr bringt sie dann nicht mehr über ihre Lippen, denn der schwarze Lockenkopf verzaubert sie mit einem Lächeln, dass sie – oh! Ach! Sie strahlt ihn so unverhohlen an, dass der junge Mann etwas verlegen reagiert, obwohl ihm solche Strahleaugen nicht gerade unbekannt sind.

„Ich heiße Emilio", sagt er und reicht ihr die Hand. „Ich bin der jüngste von drei Söhnen des Zirkusdirektors."

„Emilio", haucht sie, „der Name passt zu dir. Was – was machst du hier, ich meine, eine Vorführung oder so?"

„Lass' dich überraschen", antwortet er mit wichtiger Miene. „Warte einen Moment. Ich bin gleich wieder da."

Er überreicht ihr eine Eintrittskarte. „Ich lade dich zur Premiere ein. Sonntag, 16.00 Uhr. Kommst du?"

„Verschenkst du immer Eintrittskarten?"

„Wo denkst du hin, nein! Wir arbeiten sehr hart und brauchen jeden Groschen. Du gefällst mir, deshalb diese Ausnahme."

Lilli hat plötzlich das Gefühl, als ob ihr die Beine wegrutschen.

„Entschuldige Lilli," sagt er höflich, „aber ich muss weiter-arbeiten, vielleicht können wir uns bald etwas mehr unter-halten. Habe mich sehr gefreut, dich kennengelernt zu haben."

Dieses Lächeln, mein Gott. Emilio. Lilli reicht ihm zum Ab-schied zitternd ihre rechte Hand und hätte die seine am liebsten nicht mehr losgelassen.

Wie gehetzt rennt sie nach Hause, stürmt die Treppen zu ihrem Zimmer hoch, reißt die Tür auf, knallt sie hinter sich zu und wirft sich auf ihr Bett. Emilio! Nach einer Weile er-hebt sie sich, setzt sich an ihren Schminktisch und mustert sich ausgiebig im Spiegel. Sehe ich anders aus als vorher? Dieses flaue, herrliche Gefühl im Bauch? Emilio! Bin - bin - ich jetzt verliebt?

Sonntagnachmittag. Die ganze Familie geht zur Premiere.

Ein kleiner, untersetzter Mann von etwa Mitte 50 in einer kunterbunten Fantasieuniform und schwarzem Zylinder stellt sich dem Publikum als Zirkusdirektor vor. Er ver-spricht ein facettenreiches Programm.

Lillis Herz klopft bis zum Hals. Nervös reibt sie ihre feuch-ten Hände ineinander. Sie ist ja so auf Emilios Auftritt ge-spannt! Sie muss nicht einmal lange warten. Zusammen mit seinen Brüdern führt er mit zwei Rädern und einem Motor-rad auf einem dünnen Drahtseil unterhalb der Zirkuskuppel waghalsige Pirouetten vor. Da bleibt nicht nur ihr Mund vor Erstaunen offen stehen. Sie zittert vor Aufregung. Ihr ent-geht keine von Emilios geschmeidigen Bewegungen im eng anliegenden silbrig schimmernden Trikot. Erleichtert atmet sie auf, als diese Zirkusnummer beendet ist und klatscht wie besessen. Emilio, Emilio! Ob ich das auch könnte? Mit viel Übung? Irgendwann? Sie ist eine gute Turnerin. Ich muss Emilio einmal fragen. In Gedanken spricht sie ständig mit ihm.

Noch am selben Abend versucht sie, unbeobachtet, wie sie glaubt, im Garten hinterm Haus mit Bodenübungen zu trainieren.

„Willst du etwa zum Zirkus?" fragt am nächsten Morgen ihr Bruder beim gemeinsamen Frühstück.

„Warum nicht?"

„Du bist zu alt für solche schwierigen Künste. Dafür muss man schon als Kind anfangen," sagt Vater.

„Ich muss ja nicht gleich auf ein Seil. Es gibt genügend andere Zirkusnummern."

Mutter lacht laut. „Meine Tochter, eine Zirkusprinzessin."

„Dann könnte ich endlich einmal in der Welt herumkommen. Immer nur in dieser spießigen Umgebung, das halte ich sowieso nicht mehr lange aus."

„Im Zirkuswagen um die Welt? Mädel, was sind denn das für Hirngespinste? So kenne ich dich gar nicht," meint ihr Vater sehr erstaunt. Irgendwie nimmt er die Äußerung aber doch nicht ernst, er hält sie für eine augenblickliche Marotte, weil dieser Zirkus gerade bei ihnen gastiert.

Gleich am nächsten Tag zieht es Lilli wieder zu Emilio. Sie ist wie berauscht von dem Wunsch, ihm nahe zu sein, ihn – ach – ihre Gedanken purzeln wild durcheinander, sie kann, sie will sie gar nicht richtig einordnen. Sie genießt dieses

Gefühl, dieses herrlich verrückte Gefühl, ihr bisheriges Leben umkrempeln zu wollen. Farbiger, schillernder, mit Emilio.

Als sie ihn dann trifft, bringt sie es nicht fertig, mit ihm darüber zu reden. Sie spürt, dass Emilio sie auch mag. Aber so sehr wie sie ihn? Wie gern hätte sie sich in diesem Augenblick ihrer Freundin Jessie anvertraut.

Aber obwohl ihre Freundin nach der Schule mit ihr nach Hause fährt, verrät sie dieser nichts. Wie kann ich Emilio klar machen, dass ich mit ihm weg will. Heimlich. Sie kann an nichts anderes mehr denken.

Beim Mittagessen bringt sie keinen Bissen hinunter. Sie muss so rasch wie möglich Emilio sehen. Heute ist die letzte Vorstellung, dann ---

Am Abend geht sie nach seinem Auftritt zu ihm. Sie merkt nicht, dass sie nicht willkommen ist. Er ist bereits am Packen.

„Emilio, nimm mich mit."

Er schließt sie in seine Arme, küsst sie, streichelt liebevoll über ihre Wangen. „Lilli, du kannst von Zuhause nicht einfach abhauen. Wir bekämen Ärger mit der Polizei. Du bist noch viel zu jung. Vielleicht kommen wir ja wieder, nächstes Jahr, wer weiß? Wir hatten hier immer ein volles Zelt," tröstet er sie.

Obwohl selbst noch so jung, kommt er sich ihr gegenüber sehr reif vor. Er ist schon früh gefordert worden, hatte eigentlich nie Zeit zum Träumen gehabt. Geschmeichelt ist er schon. Lilli gefällt ihm. Aber er hat auch früh gelernt, sich zu beherrschen, seine Gefühle und Handlungen unter Kontrolle zu haben.

„Auf Wiedersehen, Lilli. Ich sage nicht Lebewohl, sondern Auf Wiedersehen."

Sanft löst er sich von ihr, die ihn immer noch weinend umklammert hält.

Liebe kann so weh tun.

Rosvita Spodeck-Walter

Konzert

Oh, dieser süße Ton hat es geschafft.

Meine Ohren, schmerzhaft offen,

sehen Töne angefasst zur Melodie,

greifen spielend innere Saiten

ich das Instrument.

Streichen, zupfen, blasen,

mich erschauern, zittern lassen.

Weben aus gehörten Fäden

einen Teppich mir

von wundersamen Tönen.

Legt sich in und über mich.

Schüttelt, hebt mich in die Höhe,

lässt mich tief ins Dunkle fallen.

Gleißend hell die eine Stelle,

kaum ertrag ich diesen Glanz.

Gleite über eine zarte,

geigenblaue Teppichwelle.

Werde selber warmer, sanfter, roter Ton.

Höre sehend Tod und Auferstehung,

wirble in der Trommel Schlussakkord.

Find mich wieder

mitten im tosenden Applaus,

schließe schnell noch meine Ohren,

doch der Töne Teppich löst sich auf.

Wege warten

Wegwarte, blühst überschwänglich,
trägst ein Stück Himmel
in den Straßenstaub.

Will mit ihr am Wege warten,
ewig lange,
dass du kommst und ich dein Himmel bin.

Kirschbaum im Juni

Wo die schwarzroten Kirschen
in den Mund wachsen,
dort wollte ich zu Hause sein,
träumte ich, ein Kind noch.

Nun ist es wahr geworden.
Deine Zweige glänzen in Fülle.
Tag um Tag werden
aus den harten, grünen
rötliche, zartrote, hellrote,
kirschenrote Kirschen.

Wart' noch, tiefer rot, blutrot.
Geduldig bis schwarzrot sie am Zweig.
Pflücke mit meinem Mund
den erfüllten Traum.

Michael Ockert

Kristall

Wenn ich mich auswerfe. Da ist kein Denken mehr. Ich strecke die Arme aus, gefrorene Luft und Schneekristall. Es sind sechs Arme in strenger Geometrie, immer nur sechs, filigran. Sie verästeln sich blauweiß und bilden immer neue Formen. Dreiecke, Sechsecke, Trapeze und lanzenförmige Spitzen. Manche der Ästchen sehen aus wie Flügel oder Segel. Sie scheinen nutzlos zu sein, reines Ornament. Und doch sind sie nur dazu da, mich zu halten.
Ich fächere mich so flach aus wie Seidenpapier und eine Milchstraße im tiefsten All. Mir wird schwindelig, denn ich wachse und dehne mich immer weiter aus. So sehr, dass ich meine Grenzen verliere. Es will nicht enden. Ich segle dahin in Pendeln und Taumeln, driftendes Umeinandertanzen. Und was mit mir passiert, geschieht gleichzeitig mit unzählig vielen um mich her. In bodenlose Tiefen tanzen.
Ich weiß nicht, was mich erwartet und ob es jemals ein Ende finden wird. Alle fallen und lösen sich auf im Auffächern. Alle sind darin gleich. Und doch bilden sie sich in einzigartiger Weise aus. Ich betrachte ihre Zeichen, wunderschön! Ist es Willkür? Ich könnte es bei mir überprüfen, denn ich bin wie sie. Durchsichtige Klarheit und Weiß, reinster Kristall. Jedes Ästchen und jede Spitze, jede Fläche erscheinen zufällig und unwillkürlich. Es verführt mich.

Darin liegt kein Fließen, eher ein Mich-Ausbilden im Ausformen. Vielleicht, um mich selbst zu erfassen. Was sich erfindet, entspringt dem Nichts, das uns umfängt. Was nicht zu existieren schien, gewinnt Gestalt voller Energie und Leben. Es entsteht und vergeht ohne Unterlass und Ende. Ich überlasse mich diesem Spiel. Manche sagen, wir wären weich. Das sind wir auch. Anschmiegsam und rieselnd zugleich.

Ich habe mich so weit ausgedehnt, dass in mir nur noch Leichtigkeit atmet. Ein Windstoß erfasst uns. Wir treiben durch das Himmelsgrau in Helligkeit hinein. Darin zerstäubt sich Hellstgelb und weißes Leuchten, an den Rändern verwirbelt. Unsere Wolke aus filigranem Eiskristall weht und webt sich dort hinein. Wir hauchen unsere Klarheit und unser Nichts in das pulverisierte Licht hinein. Wir strecken die Arme dorthin aus. Wann und wo sich welche Verbindung schließt, entscheide ich. Eine Illusion? Eine ausgeschmückte Illusion! So ausgeschmückt wie meine Verästelungen. Denn warum sie entsteht und vergeht, werde ich nie erfahren.

Ich weiß nicht, welches Wesen in mir schlummert. Es entfaltet sich aus einem Inneren, aus dem, was mich ausmacht und zu was ich mich im Durchschweben zusammensetze. Feiner als der fragilste Traumfänger erhasche ich kaum merklichsten Wasserstaub und das, was dem Nichts innewohnt. Ich bin immer neugierig auf das Nichts. Ich weiß, dass es weiß ist. Im Nichts verbirgt sich das Weiß. Hier beginnt alles und das, von dem ich ausging.

Das einzige, was ich erahnen kann, sind die Verzweigungen, die aus mir erwachsen. Sie führen ein Gespräch mit der Luft, die sie umschmiegt. Wir schnappen sie auf und verwandeln sie in unsere Gestalt. Sie flüstert Worte, die ich nicht erfassen kann. Die Orthographie des Windes. Ich höre nicht auf, sie nachzubuchstabieren. Auch wenn ich unablässig zuhöre, seine Worte haben sich mir nie entschlüsselt. Still! Ich will lauschen und lauschen.

Wehen umschmeichelt und wiegt mich. Wann wird das Erwachen enden? Hauch umgibt uns unsichtbar. Ich will das alles spüren, was mich trägt. Ein Windstoß und wir werden in alle Lüfte zerstoben. Hui, ich will johlen, torkelnd johlen! Den Glanz bewundern, der um uns herum und in uns aufsteigt. Ich bin Teil davon. Mein Fallen und Schweben wird niemals enden.

Valentina Brenner

Der Auftritt

Das Lampenfieber brachte Lisa zum Beben. Von hier oben blickte sie in die Gesichter von fünfhundert Kollegen und sah tausend Augen auf sich gerichtet. Auf sich und die anderen Sänger des Jubiläumschors. Der Wind, der um die nüchternen Bürogebäude strich, die den Innenhof einrahmten, ließ sie frösteln, und Lisa hoffte, dass sich die Sonne endlich durchsetzen würde.

Der Bass summte tief, Alt und Tenor setzten ein, zwei Takte später folgte Lisa zusammen mit dem Sopran. Durch das Singen tauchte sie ein und die Melodie ergriff von ihr Besitz. Ihre Stimme verband sich mit denen der anderen. Sie verschmolzen zu einem Ganzen, formten eine Einheit, sie alle als Chor, wenigstens für eine kurze Weile. Lisa sehnte diese Harmonie herbei, die tröstende Harmonie, die sie gerade so sehr benötigte.

In dem Maße, wie das Singen Lisa davontrug, zog die Musik sie empor aus dem Sog in dunkle Tiefen. Dem Sog, der sie die letzten Tage ergriffen hatte. Im Gleichklang mit den anderen schwebte ihre Stimme, ließ ihre Seele leicht werden und fliegen, ließ ihr Herz für den Moment vergessen, was geschehen war.

Die Beschwingtheit breitete sich in ihrem Brustkorb aus und erfasste ihren ganzen Körper. Sachte löste sich die Erstarrung, bis sie bröckelte und brach.

Nach dem Applaus folgte Lisa gedankenversunken ihren Mitsängern zu den Bänken in den vorderen Reihen, immer noch erfüllt von dem gerade Erlebten.

Ja, sie wollte die Bitterkeit vertreiben, die Enttäuschung.

Philipp würde nach Griechenland ziehen! Sie war noch immer fassungslos. Ein bis zwei Jahre, hatte er gesagt.

Ihre Gesangskollegin tuschelte über den Ablauf ihrer Darbietung. Beide kicherten mit geröteten Wangen über kleine verpatzte Stellen und die falsche Wiederholung.

Dann geh doch! Ich komme allein zurecht!

Der Leiter des Marketings hielt eine Rede, der Lisa kaum Beachtung schenkte. Bevor er das Mikrofon verließ, kündigte er einen besonderen Genuss an.

Jan, der stille Kollege aus dem Controlling, umrundete das Klavier und nahm auf dem Hocker Platz. Lisa staunte, denn ihm folgte mit entschlossenem Schritt Philipp. Er wirkte in sich gekehrt, fast streng, die Augenbrauen stark zusammengezogen. So sehr, dass die senkrechte Stirnfalte deutlich hervortrat. In der Hand trug er das golden glänzende Saxophon, das Lisa in der Ecke seines Zimmers hatte stehen sehen. Auf den Notenständer legte er eine Mappe und öffnete sie.

Mit verschränkten Armen lehnte sich Lisa zurück. Sie hatte keine Ahnung gehabt, dass er das Instrument so gewandt beherrschte. Auf ihr Nachfragen hatte er nur nachlässig mit der Schulter gezuckt. Und jetzt war Lisa nicht sicher, ob es sie überhaupt noch interessierte.

Denn unvermittelt kehrte die dumpfe Erstarrung der letzten Tage zurück. Zwei Wochen hatten sie nicht gesprochen. Zwei Wochen war es her, dass er von dem Projekt in der griechischen Niederlassung erzählt hatte. Der Schmerz flammte auf und es gelang ihr nicht, ihn zu unterdrücken.

So leichtfertig gibst du uns auf? Diesen Ort, der unser Zuhause werden sollte? Für deine Karriere?

Philipp kündigte sein Stück nicht an. Er sah kurz auf, direkt zu Lisa. Lag Bedrücktheit in seinen Augen? Trauer? Als Jan zu spielen begann, richtete Philipp den Blick auf seine Noten. Langsam löste sich seine Anspannung, seine Miene wurde weicher, vertrauter, die Stirnfalte verschwand. Er setzte das Mundstück an, begann zu spielen. Ruhig, doch intensiv. Warme, heisere Töne erfüllten die Luft.

Philipp gab den Klängen ein Sehnen, das fast greifbar wurde, legte ein Seufzen hinein, getragen von leiser Wehmut. Lisa rückte auf ihrem Sitz zurecht, während Schauer durch ihren Körper liefen.

Klavier und Saxophon schienen zu plaudern. Sie erzählten vom Tanzen und Träumen, von Freude und Feiern, erinnerten an Leichtigkeit und Leben. Trotz ihres Sträubens vergaß Lisa die kahlen Mauern und die Menschen um sich.

Philipp wiegte sich, zusammen mit seinem Instrument, eingebunden in die Musik. Seine dunkelblonden Haare fielen ihm in die Stirn, während seine Finger über die Klappen flogen.

Mit banger Erwartung hatte er sie angesehen, als er das Projekt in Griechenland zur Sprache brachte. Hatte ihre Hand genommen.

Aus der Melodie hörte Lisa ein Rauschen heraus, ein Singen, das sie schmerzlich an das Meer erinnerte. Sie hörte es genau: eine leichte Brandung, das behutsame Anrollen und Abebben der Wellen, das mit jedem Mal an Intensität zunahm. Sie sah weiße Wattegebilde, die sich im endlosen Blassblau des Himmels auftürmten.

Darin fand sie die Erinnerung an den Urlaub mit Philipp, dort in der Bretagne. Wo sie Hand in Hand an der felsigen Küste entlang spazierten, erzählend und lachend, immer wieder unterbrochen von Umarmungen und Küssen. Wo sie sich zusammen in seine Windjacke einkuschelten, während sie ihre Füße in Sand und Meeresschaum vergruben. Dort, wo alles so leicht war.

Die Melodie nahm von Lisa Besitz. An der Stelle, wo zuvor die Erstarrung zerbröselt war, wo Raum entstanden war, breitete sich nun eine ungeahnte Kraft aus. Die Musik schien sie auszufüllen mit fließender Wärme, sie zu sättigen. Immer voller, überquellend, lebensspendend. Lisa schloss ihre Augen.

Ausgerechnet Philipp! Natürlich Philipp, der sie derart mitriss!

Leise hatte er gefragt, ob sie ihn begleite.

Warum nur habe ich so hart reagiert? Wovor habe ich eigentlich Angst? Tränen lief ihr übers Gesicht. Habe ich dich verloren?

Philipp zeigte die Kraft des Saxophons, den Innenhof zu füllen, über die Zuhörer hinweg. Er rief sie alle mit einem machtvollen Finale zurück von der sommerlichen Reise, holte sie heim von der luftigen Traumwelt. Er beendete das Stück so verschlossen, wie er es begonnen hatte. Doch er hatte sich aufgerichtet, wirkte sicher und gestärkt. So gerne hätte Lisa ihm über die Wange gestrichen. Wie sie es oft getan hatte.

Der letzte Ton verklang noch, da riss der Applaus Lisa aus den Gedanken. Das Ende der Musik, es glich einer schmerzlichen Leere und Sehnsucht blieb zurück. Sie wünschte sich mehr von der Musik, wollte sie weiter spüren, hören, genießen, wollte weiter träumen und seufzen. Doch noch viel mehr sehnte sie die Unbeschwertheit mit Philipp zurück.

Ob es vielleicht auch ein Projekt für mich gibt? Dort in Griechenland?

Es gelang ihr nicht, die Augen von ihm zu lösen. Er sah auf. Sein Blick traf ihren.

Traudel Beickler

Zwölftonmusik

PRESSEANKÜNDIGUNG

Erwachen - Ballett von Kevin O'Neil - New York
12-Tonmusik von Arnold Schoenberg
Quintett für Kontrabass, Oboe, Klarinette, Harfe
und Fagott
Am 12. Mai 1920 im Rosengarten

Das Licht schleicht sich aus dem Saal. Erdig-feucht kriecht ein Ton aus der Tiefe des Orchestergrabens. Der Kontrabass. Warm und einschmeichelnd kriecht er unter meinen Rock, vibriert wohlig im Bauchraum, überschreitet mühelos die Schwelle zum inneren Jenseits.
Fühlbar entspannt mein Körper im samtroten Sessel. Meine Nachbarin verströmt einen frühlingshaften Duft, der mich leicht betäubt. Um mich herum sehe ich weiche Gesichter, die mit geschlossenen Augen lauschen, die Ohren groß und weit offen. Andere sitzen aufrechter, mit scheinbar weit ausgefahrenen Antennen.
Fremdheit schleicht sich unmerklich ein, als die Oboe, gefolgt vom Fagott, umgekehrte Intervalle spielt. Das wirkt wie eine Einmischung, die einen Zauber durchbricht. Es

folgen Variationen in 12 Tönen, allerdings von hinten nach vorne. Vertrautes verschwindet völlig. Kein Dur, kein Moll. Nichts groovt, wenig melodisches Material. Meine Entspannung weicht einer inneren Erregung. Klangtapeten von allen fünf Instrumenten tupfen Zwischentöne. Doch nirgends ist es dunkel in dieser Musik, alles überrascht gleichmäßig hell, ist schattenlos ausgeleuchtet. Wie im Jenseits. Oder auf dem Mond. Doch das ist kein vertrauter Ort. Keine bekannten Wege stehen hier zur Verfügung. Wenn ich die Augen schließe, tauchen Farben und Oberflächenstrukturen auf. Die jenseitige leere Landschaft füllt sich mit eigenartigen Formen, die manchmal im Zentrum der Wahrnehmung verharren, manchmal huschen sie flüchtig vorüber und verwandeln sich dabei. Die Harfe springt federleicht, wie ein Windhauch, bis sie sich immer eindringlicher mit dem Fagott reibt. Aufgeraut vom Kontrabass ritzt sich die Klarinette irgendwo am Rande in scheinbar immaterielle Re-gionen ein. Klangstoffliche Eigenschaften treffen auf raue Flächen, blitzende Stellen, schmeichelnde Handläufe, scharfe Kanten, störende Risse, bizarre, fliegende, rasselnde, mahlende, schnarrende Zeitstrecken ergreifen alles und jeden im Raum auf unterschiedliche Weise. Musik von hohen Abstraktionsgraden wirbelt von zärtlich hingehaucht bis mitreißend bedrohlich. Unvorherhörbar! Mein Herz klopft. Zwei Seelen in meiner Brust: Eine, die flüchten will, eine, die fasziniert alles hautnah erleben will. Hin- und hergerissen erliege ich, gebe mich hin… bis sich geräuschlos der samtrote Vorhang öffnet und die Töne nur noch leise in meinen Ohren widerhallen.

Der Kontrabass setzt ein. Ich entspanne...
Auf der Bühne liegt ein hingehauchter, seelenvoller Frauenkörper, sinnlich, in zartem Rosa, ganz in sich eingesponnen, der sich zu bewegen beginnt...

47

Martin Beickler

Nichts, oder doch ein Hauch?

Ein Hauch von Nichts
verbirgt die ganze Welt
gesponnen feine Sonnenstrahlen.

Und hingerissen lausche ich
der Symphonie aus tiefem Wortgespinst
verästelt Labyrinth der scheuen Jagd
nach Wesen, die hausen dort
im Flechtwerk der Jahrtausend.

Gerissen auch manch tiefe Wunde
und doch geheilt durch Zauberwort,
der Trost des Raunens unserer Ahnen.

Ein Hauch von Nichts
umhüllt die Welt
und hält auch mich.

Wortfindung

Ein Hauch von Wort für spitze Ohren
In aller Zeit und Welt verloren
Sucht seinen Sinn und dunkles Wissen
Vom Hin und Her entzwei gerissen

Der Wortewirbel dreht sich munter
Es geht drauf und rund und drunter
Wenn dann am Ende aller Tage
Das Chaos tobt und wird zur Plage
der Hauch entfleucht und wird gewitzt
Zum sonnenhellen Geistesblitz

So dass im stammelnd Wortgetümmel
das Wort sich wortlos gibt, der Lümmel
verklingt und endet frank und frei, doch stets
gerissen
ganz sanft als unser aller Welt Gewissen
ein hingehauchtes Ruhekissen

Regine Beeg

unsichtbar

Das Unsichtbare geht durch's Haus, hängt, stolpert, fällt, zeigt sich nah bei mir, ein Hauch. / Wir optimieren unsere Körper, hingerissen von der Schönheit der Jugend. Wir definieren unsere Identitäten: lesbian, gay, besexual, transgender und queer. Q steht auch für Question. Wenn ich frage, sage ich: A wie anders oder ich suche das i für Inklusion. / Die Attraktivität, oder nennen wir es Originalität, spielt durchaus eine Rolle. Ich funktioniere gut oder heißt es: Ich spiele meine Rolle gut. „Du leuchtest" sagt man. Man vergisst mich (trotz der Optimierung, trotz des Leuchtens) – klein bin ich oder vergessen (das wird nicht ganz klar). / Sing ein Lied und – zurück zu meinem – nennen wir es nicht Leuchten, nennen wir es Behinderung. Erwähnenswert? Nein, eigentlich nicht der Rede wert. Lebenstauglich? Gut bis sehr gut. Gesellschaftstauglich? Schwierig. Jemand der vergessen werden kann, neigt dazu, Probleme zu machen. Der Blick von außen: immer interessant. / Ich bin meistens außen, selten drinnen, mein Blick ist hilfreich (das ist ein Trick): Auch halbblind bin ich nicht betriebsblind, ich benutze meinen Verstand. „Alles steckt im Kopf," sagt die Frau, deren Tochter eine Behinderung hat. „Sie ist nie im Körper, sie ist immer nur im Kopf!"

Ein Spalt, ein Hauch. Es sind nur Sekunden und es wird zu einem lebenslangen Vorgang: durchkommen, hineinkommen, ankommen in dieser Welt.

Sind Menschen mit Behinderung glücklich in der Welt? Leuchten sie? Der Hauch der Andersartigkeit, der zu einem Leuchten wird? Das Wagnis der Andersartigkeit, das zu einem Abgrund werden kann oder zu einer Chance. / Der Mann mit Behinderung schaut mich an, unverblümt und misstrauisch. Wir feiern auf dem Dorf ein Fest, zwei Wochen, nachdem das Weinfest gefeiert wurde. Die Behinderung ist unter sich. Es gibt Kaffee und Kuchen, es wird ein Konzert geben, mit einer Sängerin. Während dem Konzert wird Kuchen gegessen, es wird nicht applaudiert (man applaudiert sich nicht gegenseitig), man hält sich an den Händen und schaut sich um. / Die Welt wirft einen schmalen Blick auf uns.

Menschen ohne Behinderung machen Stimmung. Der Landrat kommt vorbei, er war vor zwei Wochen auf dem Sektempfang der Stadt.
Menschen bringen heute ihre behinderten Angehörigen auf dieses Fest – nicht auf den Sektempfang –, es wird vorbehaltlos gefeiert. / Auf der Bühne hat gelassen die Sängerin Platz genommen, mit hinreißender Selbstverständlichkeit. Das Kleid hängt schief, an den Füßen trägt sie alte Sandalen, sie schaut teilnahmslos über das Publikum hinweg. Die große Bühne versteckt nichts. / Wie ist sie dort hinaufgeschlüpft? Es muss Seitenwege und Bühnen-

aufgänge geben. Man hat auf sie gewartet, – sie ist sensationell. Sie schaut sich reglos um, ob ihre Zeit zum Singen auf dieser Bühne schon angekommen ist. / Sie wartet. Sie warten auf den Bassisten. Sie richtet das Mikrofon. Sie rückt den Stuhl. Irgendwann wird sie anfangen.

Sie singt. Für sich, vielleicht für uns. Sie singt unantastbar, rau und dunkel. Hell bereitet das Piano den Klangteppich, auf dem sie unwillkürlich die Richtung vorgibt. Ein Sprechgesang. Ein Gesang, der uns für eine lange Sekunde in der Schwebe hält, uns ruhen lässt, hineingerissen in einen Raum ohne Zeit, der Wunsch nach Endlosigkeit, auf dieser fast leeren Bühne.

Der Spalt ist schmal – ich hatte Glück, ich war unversehrt. Beobachtungen fanden statt, Zugangsberechtigungen und Einlassbestätigungen: Komm herein, mach schnell, setz dich und gib Ruhe. Ich bin durch Spalten geschlüpft, gut genug und schnell genug für eine Welt der Vorläufigkeit.

Ein Hauch, ein Riss. Manche leuchten. Manche schweben zwischen den Welten und singen in zeitlosen Räumen.

Angela Langkath

Nur ein Falter
  Eine farbenprächtige glücksgefühlte Begegnung

Es war zur „Coronazeit". Ich befand mich, wie damals häufig, auf einem meiner täglichen Spaziergänge. Das war für die Stimmung gut, hielt in Bewegung, man war an der frischen Luft und wurde zugleich zum Nachdenken angeregt. Bei letzterem war ich gerade angelangt und wollte nun schnell nach Hause.

Da kam plötzlich irgendwas angeflogen und setzte sich auf meine Schulter. Es war ein Falter. Den konnte ich gerade noch gebrauchen...! Ich machte eine kurze Bewegung und er schwebte, nein, nicht davon, er ließ sich vor mir auf dem Boden nieder und breitete sich in seiner vollen Größe mit all seiner Schönheit aus.

Und die war beträchtlich.

Da waren die unterschiedlichsten Rottöne von Orange über kräftiges bis Blassrot hin zum Bräunlichen. Auch Blaues gab es da. Eindrucksvoll aber waren die großen dunklen Augen. Mir war, als würden sie mich ansehen.

Eine Weile verharrte ich vor dem Ganzen, fasziniert und überwältigt von der Farbenpracht sowie dem stillen Verhalten des Schmetterlings und irgendwie stieg so etwas wie ein Glücksgefühl in mir auf: Dass ich so etwas farbenprächtiges erleben durfte.

Im selben Augenblick erhob sich der Falter, schwebte noch eine Weile vor mir her und war dann irgendwann verschwunden.

Das ganze war wie ein schöner Traum.

Noch lange nach dieser Begegnung dachte ich daran, informierte mich über Schmetterlinge und fand heraus, dass es ein Pfauenauge gewesen ist, der mir über den Weg geflattert war.

Christine Cepok

Sommerhaut

wie alle Meere und Ozeane
wie Antarktis und Feuerland
färben meine Augen die Erde

roter Mohn und Nachtigall
toben in meiner Sommerhaut

dein Porzellan aus Limoges
klirrt in sieben Palästen

werfe deinen Brokat
der Spiegelsaal erstrahlt
in Rom und Jerusalem

schwarzer Kaffee und eine Pfeife voll Opium

bin nur Mund und Herz
für deine Farbe aus Kornblume und König
der Kirschbaum und dein Rufe

du Naschkatze mit Pfoten aus Samt
wie du über Berghänge und Täler streifst

Der Atem Michelangelos

leicht wie eine schillernde Seifenblase
und springen unkontrolliert wie ein Ball
der hinunter hüpft
die Stufen bis ans Meer

an den wilden Strand von Neapel
mich vergessen in den verruchten Gassen
auf der tanzenden Piazza den Klängen
Carusos lauschen

und träumen von der Ewigkeit Roms

meinen Schleier will ich tragen
hinauf zu Altar
tief hinabgebeugt
in Demut seinen Fuß küssen

und leben in unendlicher Hoffnung

nur mein Angesicht
der Sixtinischen Kapelle zugewandt
den Atem Michelangelos
um meine Schulter gelegt
versenkt ins Leben

Alexander Singer

Die Tür, hinter der der Alte schläft

Mit dem Ärmel wischt sie über die Scheibe, wischt die Tropfen weg, die sich über Nacht an der kalten Scheibe absetzten. Nur kurz, mit kreisenden Bewegungen, schafft sie ein kleines Loch; gerade groß genug, um ihr Gesicht andrücken zu können. Darunter zerlaufen Tropfen in kleinen zackigen Bahnen, schillern in ersten Sonnenstrahlen eines Februarmorgens.

Das Mädchen, ihre rotblonden Haare hängen zerzaust nach unruhiger Nacht über ihre Schultern. Mit platter Nase an der Scheibe schaut sie über die kleine Straße zum Nachbarhaus. Weicher weißer Raureif übertüncht das schmutzige Rostbraun der alten Schindeln. Mit ihren scharfen Augen entdeckt das Mädchen schimmernde Eisblumen am linken Fenster im ersten Stock. Hinter diesem Fenster schläft der alte Mann.

Das kleine Mädchen weiß das. Jeden Donnerstag nach dem Mittagessen begleitet sie ihre Mutter hinüber über die Straße durch die knarzende Holztür hinein in sein Haus.

Gleich rechts des Eingangs ist die Küche. Manchmal, morgens, bei ihrem Blick durchs Fenster, sieht sie ihn, den Alten, im Licht einer schwachen Lampe beim Kaffee Kochen oder röstet er sich einen Toast mit fahrigen Gesten? Nur hier kann sie ihn sehen, in dieser Küche, die nicht wie die anderen Räume geschützt ist vor Blicken durch feine weiße

Spitzengardinen. Ihre Mutter, stattdessen interessiert sich nicht für die Verrichtungen des alten Herrn, durchquert die Küche immer in eiligem Schritt zu der kleinen Kammer. Dort hinter dem Vorhang aus herabhängenden bunten Plastikstreifen holt sie einen Besen hervor oder Eimer und Schrubber. Dort findet sich auch die Flasche mit blauem Putzmittel oder die Dose mit dem scharf riechenden Pulver fürs Klo. Ihre Mutter hängt sich eine Schürze über, grün mit weißen und roten Karos. Dem Mädchen drückt sie den Kehrwisch in die Hand.

Sie beginnen zu putzen längs des dunklen muffigen Korridors im Wohnzimmer. Sie wischen Staub von den dunkel lackierten Holzmöbeln. Gerne fährt das Mädchen mit ihrem Lappen über das glatte Holz, über die fein geschnitzten Ornamente, exotische Früchte darstellend, Ananas, Papaya und saftige reife Trauben. Ihre Mutter unterdessen steigt auf einen kleinen Schemel, wischt über blasses Messing am Kronleuchter. Dabei summt sie das Lied von den fleißigen Handwerkern und das Mädchen stimmt ein. Sind sie fertig, läuft das Mädchen zur Chaiselongue, streicht über die matten Bronzenieten, den grünen Samtbezug – und schnappt sich die kleine gestrickte Puppe, die sich gemütlich auf dem Schlafsofa ausgestreckt hat.

Gemeinsam steigen sie die Treppe hinauf. Die alten Stufen knarzen und die Mutter legt fürsorglich ihren Finger an den Mund. Sie flüstert: "Leise, der alte Mann schläft." Dort oben, die Treppe führt direkt darauf zu, befindet sich das Schlafzimmer des alten Manns.

Das Mädchen, gerade fünf Jahre jung, kennt die Tür. Sie ist aus weiß lackiertem Holz, mit weichen geschwungenen Bögen verziert. Die Mutter drückt die schwarze Eisenklinke und verschwindet im nächsten Moment mit ihrem Besen durch den engen Spalt der nur wenig geöffneten Tür. Das Mädchen muss draußen warten.

Gehorsam wartet sie, sitzt vor der Tür, streichelt das kleine kuschelige Püppchen auf ihrem Schoß, starrt auf die fest verschlossene Tür. Hier hat das Mädchen zählen gelernt. Jeden Donnerstag zählt sie die Stellen der Tür, an denen der abgesprungene Lack verkratzte Flecken einer vergangenen grünen Farbschicht frei gelegt hat. Sie zählt laut wie Graf Zahl, eins, zwei, drei und hört zwischen den Zahlen lautes Donnern, sieht es blitzen. Drückt die Puppe enger an ihre Brust, bis die Mutter wieder heraustritt und abwesend im Bad verschwindet. Das Mädchen hört die Spülung, den Wasserhahn. Lange läuft er.

Fertig mit ihren Verrichtungen beugt sich die Mutter zur Tochter herab, umarmt sie, wühlt zärtlich durch ihr rotblondes Haar. Schließlich nimmt sie sie an der Hand und sie eilen die Treppe hinab, trampelnd und knarzend. Schnell setzt das Mädchen die Puppe – einmal heißt sie Marta, ein anderes Mal Lola oder Sigrid – zurück auf die Chaiselongue. Ihre Mutter klappert mit dem Putzzeug in der Abstellkammer. Sie schließen die Tür hinter sich. Die Mutter singt vom weinenden Mariechen. Das Mädchen stimmt ein.

Einen Schatten erhascht das Mädchen durch ihr Guckloch am Fenster. Einen Schatten hinter den Eisblumen und den Gardinen. Im Zimmer ist der alte Mann aufgewacht. Noch platter drückt sie die Nase an die Scheibe. Da erscheint er hinter dem Küchenfenster. Von oben blickt sie auf die blanke Glatze des Alten. Er trägt seinen abgenutzten braunen Bademantel. Das Mädchen lächelt und winkt hinüber.

Biografische Angaben

Regine Beeg Hauri

Ich bin seit 2022 im Literarischen Quadrat und habe bisher kurze, experimentelle Texte geschrieben und vorgelesen, die sich durch die Aufmerksamkeit der Gruppe zu „meinen Themen" entwickeln haben.
Vieles am Schreiben ist der Zeichnung ähnlich: ein Gedanke, ein Gefühl, ein Schriftbild, ein Punkt, eine Bewegung. Augen und Ohren, die sich für mich öffnen. Das Schreiben und das Literarische Quadrat wurde in stürmischen Zeiten ein Zuhause für mich. Lesen und Vorlesen, Hören und Zuhören, Stärke und Zerbrechlichkeit spüren.

Martin Beickler

Jahrgang 1949, studierte Mathematik und Physik an der Universität Heidelberg und unterrichtete an Gymnasien im Rheingau, Frankfurt und Viernheim.

Er ist Mitglied im Literarischen Quadrat der Abendakademie Mannheim und bei „Räuber '77", Literarisches Zentrum Rhein-Neckar e. V. Im Jahr 2020 erschien sein erster SF-Roman ‚Antares vom Weltental'.

Traudel Beickler

Sie schreibt seit ihrer Kindheit Tagebuch. Schreiben war und blieb Nahrung, um mit tieferen Schichten ihres Wesens in Kontakt zu kommen und zu bleiben. Während einer Krebserkrankung verdichtete sich diese Erfahrung in „Überlebenszeichen", die sie der Biolog. Krebsabwehr HD zur Verfügung stellte.

Seit 2015 ist sie Mitglied im Literarischen Quadrat in Mannheim. Seitdem hat diese „beseelte Kraft" im Schreiben ein erweitertes Spielfeld für Stilrichtungen und sprachlichen Ausdruck gefunden. 2019 entstand der Gedichtband mit Malerei „Auf mondhellem Pfad". Zur Zeit schreibt sie Gedichte, Kurzprosa und Kindheitserinnerungen.

Valentina Brenner

Wenn Valentina Brenner nicht gerade schreibt oder liest, dann ist sie unterwegs: Mit ihrer Familie erlebt sie gerne leise oder laute, helle oder dunkle, süße oder herzhafte Abenteuer in Deutschland und Europa. Für die tägliche Balance wählt sie ausgedehnte Spaziergänge oder Radtouren, gute Möglichkeiten, Gedanken fließen und innere Bilder entstehen zu lassen.

Christine Cepok

ich versuche ein Zeichnen der Realität
mit einer Sprachlosigkeit in den Bildern
Vergeblichkeit
aussichtsloser Kampf Ratlosigkeit irrational

ich möchte die Welt erfassen
einfangen
die mir wie ein Rausch erscheint
meine Sinne bewegt
meine Seele nie mehr an einem Ort verweilen lässt

Brigitte Iffland

Ich bin jetzt 71. Seit fast 50 Jahren begleitet mich das Schreiben und ist mir eine Hilfe, eine Unterstützung, eine Freude. Viele, viele Texte (liegen unbedacht in Ordnern, einige sind Teil meines Denkens und Nachdenkens, einige möglicherweise in der Erinnerung anderer Menschen) und zwei Bücher sind entstanden.

Ein Literaturkreis begleitet mich. Ich danke dafür und wünsche mir, dass mein und unserer Schreiben weiter wächst und – irgendwie – unsere gefährdete Gesellschaft mitgestaltet.

Angela Langkath

Geboren 1943 in Timmendorfer Strand,
aufgewachsen in Kiel.
Zwei erwachsene Kinder.
Seit 1989 in Mannheim lebend,
schreibt seit der Schulzeit Lyrik und Prosa.
Hat mit ihrem Mann viele Länder bereist.
Vertreten in Anthologien und Zeitschriften,
drei eigene Bücher.

Michael Ockert

Sozialisiert zwischen Linguistik-Transkripten und Terminal-Tastaturen spürt Michael Ockert Vorstellungen nach, die durch Menschen und Sprache erschaffen werden. Sie liegen vor uns wie ein aufgeschlagenes Buch und werden doch nicht verstanden. Vielleicht müssen sich nur die Worte anders anordnen.

Alexander Singer

Zum Schreiben legt sich Alex am liebsten in eine Hängematte, hat die Sonne im Rücken und gute Musik auf den Ohren. Ob sich die Alltagserlebnisse und Hirngespinste beim Schaukeln in Erzählungen schütteln? An Herbsttagen, so wie heute, tut es aber auch ein roter Sessel.

Renate Sinn

Nach dem Zweiten Weltkrieg hatten wir auch kein Kinderbuch mehr, so dass ich erst hin und wieder, dann fast täglich meiner jüngsten Schwester vor dem Einschlafen erfundene Geschichten erzählte. Jahre später versuchte ich, diese Geschichten aufzuschreiben, und entdeckte dabei eine große Lust am Schreiben, die bis heute anhält.

Rosvita Spodeck-Walter

Geboren in Berlin, 40 Lehr- und Wanderjahre zwischen Heidelberg und Mannheim und einem 12-jährigen Zwischenspiel in einem oberschwäbischen Dorf. Veröffentlichungen in Lyrik und Prosa seit 1998 u. a. „Verschenk-Kalender", Edition Treves, Trier. „Lyrik zu zweit" mit dem Musiker Thomas Klein.
Mitglied in GEDOK Mannheim-Ludwigshafen, Räuber '77, Literarisches Zentrum Rhein-Neckar e. V., Das Literarische Quadrat der Abendakademie Mannheim.